B.-P. Liegener

Jahresabend

Geschichtchen und Gedichtchen

© 2024 B-P Liegener

ISBN Softcover: 978-3-384-18817-5
ISBN Hardcover: 978-3-384-18818-2
ISBN E-Book: 978-3-384-18819-9

Umschlaggestaltung Bernd-Peter Liegener
Druck und Distribution im Auftrag des Autors:
tredition GmbH, Heinz-Beusen-Stieg 5, 22926 Ahrensburg, Germany

Inhaltsverzeichnis

Für alle Weihnachtsmänner,

Kriminalbuchautoren,

Astronauten,

und jegliches medizinisches Personal

Vorwort

Jahresabend – was ist das denn für ein Titel? Nun, die Mittagshitze des Hochsommers ist vorbei, mehr und mehr herbstelt es sich ein oder auch schon aus, und wir fangen an, an Weihnachten zu denken. Es ist die Zeit, oh ja, die Zeit zum Träumen, Lesen und hoffentlich noch nicht zum Sterben. Die Sonne lässt sich immer seltener sehen und der Mond bemächtigt sich der sehnsuchtsvollen Seelen. Es ist dies Bändlein eine Sammlung ungeordneter Gedanken. Geben Sie ihnen den Raum, den sie gerne hätten, und gönnen Sie sich selbst die ein oder andere Nachdenk- oder Schmunzelpause!

Viel Spaß!

Herbstwind

Frech flattern bunte Blätter
durch den aufgeregten Himmel
Rasende Wolkenfetzen finden keinen Halt
im trügerischen Blau
Baldkahle Zweige winken wild
ein paar flitzenden Vögeln hinterher
Sehnsucht nach Freiheit
gefesselt an den nährenden Stamm

Wohin? Ist´s bald vorbei?

Quirlende Gedanken
drängen ziellos nach draußen
Der Wind schmeißt helle Luft
wirbelnd um die Häuser
Sie wanken nicht
Fenster täuschen leise knacksend
falsche Ferne vor

Hinaus! Ins Leben!

Ausgebraust hat sich die Macht des Wetters
Unwirklich klingt die Stille in den Ohren
Geknickte Äste verströmen sich
an golden rotes Laub
Und traurig blicken matte Bäume
auf die welke Welt

Vorbei! Nun kommt
die dunkle Zeit
des Denkens

Der Überfall

Dieser Weihnachtsmann war kein Weihnachtsmann. Also jedenfalls kein echter Weihnachtsmann. Das wusste er sofort. Nicht, dass die Tatsache, dass er noch einen weiteren Weihnachtsmann im Schlepptau hatte, unbedingt dagegengesprochen hätte. Das hatte er selbst auch schon erlebt. Wenn es auch nur auf dem Weg von der Weihnachtsmannzentrale zu einem Auftritt gewesen war, bevor man sich, sich gegenseitig viel Spaß wünschend, zu verschiedenen Einsatzorten begeben hatte. Magnus, auch wenn man es ihm ohne seine Dienstkleidung nicht ansah, war nämlich selbst Weihnachtsmann. Ein echter.

Und die Zeit war für das Auftreten eines Weihnachtsmannes natürlich überaus geeignet. Es war Heiliger Abend, kurz vor Ladenschluss, auf dem Tresen der Bankschalterhalle stand ein überdimensionierter Weihnachtsschlitten mit einem gewaltigen, stolzen Rentier davor und verbreitete Weihnachtsstimmung. Einige Geschäftsleute wollten die Einnahmen des Weihnachtsgeschäftes noch auf ihr Konto einzahlen, vielleicht brauchte auch noch jemand ein paar Euro für ein Last-Minute-Geschenk, und die Geldautomaten waren natürlich längst leer, wie das an solchen Tagen, wo man sie am meisten braucht, nun einmal üblich ist.

Nein, was insbesondere dagegensprach, dass hier ein echter Weihnachtsmann vor ihm, vor ihnen allen stand, war außer seinem billigen falschen Bart die Pistole, die er in der Hand hielt. Diese sah im Gegensatz zu ihrem Halter sehr authentisch aus, und ein Weihnachtsmann, der eine echte Pistole in der Hand hält ist in den allerseltensten Fällen ein echter Weihnachtsmann. Schon gar nicht, wenn er mit hektisch brüllender Stimme ruft: „Alle Mann die Hände über den Kopf! Das ist ein Überfall!"

„Aber nein, aber nein", tönte Magnus mit seiner sonoren Stimme in gutmütiger Ruhe, wobei er die Hände keineswegs über den Kopf hob, sondern nur mit abweisend geöffneten Handflächen bis kurz unterhalb seines kräftigen Schultergürtels. „Sie machen alles falsch! Glauben Sie mir, ich bin ein Kollege."

„Ach, ein Kollege!" Der falsche Weihnachtsmann stieß ihm unsanft die echte Waffe gegen die Brust. „Du bist also ein Bankräuber?"
„Keineswegs! Ich bin ein Weihnachtsmann."
„Ha, ha! Ein Witzbold also, was? Hände hoch, habe ich gesagt!"
„Nein, nein! Nicht ‚Ha, ha'. Es muss ‚Ho, ho' heißen und mit einer viel tieferen, einer vertrauenerweckenden Stimme."
„Halt´s Maul, du Blödmann! Fangen wir gleich bei dir an: Los, mach die Taschen leer!"
„Bitte, bitte, wenn Sie das wünschen..."

Magnus öffnete seinen schwarzen Wintermantel, schlug sein Jackett auf der linken

Seite etwas zurück und zog vorsichtig mit spitzen Fingern ein Messer mit strahlend glänzender Klinge aus der Westentasche. „Vorsicht! Es ist sehr scharf", kommentierte er, während er die blitzende Waffe jetzt mit etwas festerem Griff ein paar winzige Zentimeter in Richtung auf den Bankräuber zubewegte. Der falsche Weihnachtsmann wich unwillkürlich einen halben Schritt zurück und keifte: „Fallenlassen! Lass sofort das Messer fallen, oder ich knall dich ab, wie einen räudigen Köter!"

„Aber ich will Sie doch nicht verletzen", beruhigte ihn Magnus und drehte die Klinge in Richtung seines eigenen Bauches. „Ich weiß nur nicht, ob ich in einer Welt leben will, in der Weihnachtsmänner eine Bank überfallen."

„Häh?" konnte der Bankräuber gerade noch sagen, und schon hatte sich der merkwürdige Kerl vor ihm das Messer bis zum Heft in den Bauch gestoßen. Er gab ein kurzes beinahe gurgliges Geräusch von sich, sein Gesicht nahm einen verdutzten Ausdruck an und er sackte leicht nach vorne auf die Knie, die beim Aufprall auf dem Boden ein unangenehmes Ploppen verursachten. Dann füllten sich seine Augen mit Leere und er fiel vollständig vornüber. Gerade noch so hatte der verdutzte Bankräuber seinem stürzenden Körper ausweichen können, und jetzt starrte er fassungslos auf diesen Irren, der da bäuchlings auf dem Boden lag.

„Du hast gesagt, es würde keinem was passieren!" Die Stimme des zweiten, offensichtlich des Hilfsweihnachtsmannes, klang aufgeregt, unsicher, beinahe panisch. Wild fuchtelte er mit seiner verbrecherische Macht ausstrahlenden Pistole herum. Dass er dabei jeden der Kunden und Angestellten der kleinen Bank viel zu kurz ins Visier nahm, um gezielt zu schießen, machte seine Unberechenbarkeit nicht weniger bedrohlich.

„Ich habe gar nichts getan, der Kerl ist einfach verrückt geworden!" Die Augen des Chefräubers wiederholten den Veitstanz der Waffe seines Komplizen. „Egal jetzt! Mach die Säcke voll!" Er warf den Jutesack aus seiner Linken dem zweiten Weihnachtsmann zu, um seine Waffe jetzt beidhändig und relativ ruhig halten zu können. Der fing ihn auf, steckte seine Pistole in den Gürtel und blieb unschlüssig stehen. „Ist er tot?" fragte er mit zaghafter Stimme.

„Keine Ahnung!" Es entstand eine kurze Pause. „Aber meinetwegen..." Er nickte einer jungen, etwas zu stark geschminkten Frau in kurzem, offensichtlich edlen Pelzmantel mit unverschämt langen Beinen befehlend zu. „Du da! Schau nach, ob er noch lebt!"

Mit zittrigen Knien stakste die Bankkundin und unfreiwillige Ersthelferin auf ihren teuren, wackligen High Heels die paar Meter auf den leblosen Mann zu, ohne die Pistolenmündung aus ihren aufgerissenen Augen zu lassen. Gerade wollte sie sich neben ihn hinknien, als sich die vermeintliche Leiche langsam stöhnend aufrichtete. Erst der Oberkörper, unterstützt von einem sich mühsam streckenden Arm, dann zog er das rechte Bein nach vorne, bis der Fuß platschend aufsetzte, endlich drückten sich beide Beine in zunehmender Geschwindigkeit, ja beinahe Geschmeidigkeit durch, bis der Tote wieder aufrecht stand. Noch immer hielt seine Hand den Messergriff umklammert, aber auf seinem Gesicht erschien das Lächeln der Auferstehung.

Mit einem Ruck zog er die Klinge aus dem Bauch, ein Loch war auf der blutigen Weste nicht zu sehen. Seine linke Hand klopfte etwas Staub von seinem Mantel, oder was auch immer an Schmutz von dem eigentlich recht sauberen Boden darauf gelandet sein könnte. „Das brauche ich ja jetzt nicht mehr", bemerkte er mit einem zufriedenen Blick auf sein Messer und zerbrach es vor den Augen seiner verdutzten Zuschauer. Ein scharfes Knacken und es war entzwei. Nein! Es war weg! „Sie haben doch nichts dagegen?", fragte er, ging die zwei Schritte auf den Zweitweihnachtsmann zu, der zu baff war, um zu reagieren, und griff in einen der zwei Säcke, die geduldig darauf warteten, mit Beutegeld gefüllt zu werden. „Die sind für Sie!" Mit nonchalantem Lächeln überreichte er der verdutzten Bankkundin einen übergroßen bunten Blumenstrauß und küsste sie dankbar auf die Wange. „Sie haben mir das Leben gerettet!"

„Jetzt reichts aber mit dem Blödsinn", fauchte der falsche Chefweihnachtsmann. „Hoch die Hände, und zwar richtig über den Kopf! Und dann keine Bewegung mehr! Ihr da!", herrschte er die Bankangestellten an. „Alles Geld auf den Tresen und zwar dalli, dalli!"

„Dürfen sie dazu die Hände herunternehmen?", mischte sich Magnus ein. „Auch der, der vorhin mit dem Knie den Alarmknopf gedrückt hat?"

Wie von einem ungeschickten Marionettenspieler am Faden gezogen ruckte der Kopf des Räubers in Richtung der Bankschalter. Das scharfe Zischen, mit dem er dabei tief Luft holte, ließ auf Polypen oder eine schiefe Nasenscheidewand schließen. „Stimmt das?", stieß der Weihnachtsmann unter seinem leicht verrutschen weißen Bart hervor. „Hat einer von euch Idioten Alarm ausgelöst?" Ängstliches Kopfschütteln hinter den Schaltern. Zwei Paar Augen schauten furchtsam in die Mündung der drohenden Waffe. Ein drittes war schüchtern nach unten geschlagen. Oder schuldbewusst? „Du da!" Pistole und Räuber fokussierten sich auf den Besitzer dieser Augen. „Schau mich gefälligst an, wenn ich mit dir rede! Warst du das?"

„Äh, ich, n-nein! Ich, nein", stammelte der arme Mann. „Ich war das nicht, ich meine, ich, wir, nein, hier gibt es gar keinen Alarmknopf. Also, äh, keiner hat, wir alle haben nicht..." Die rasant ins Gesicht einschießende Röte, der es nicht gelang, durch die glühenden Ohren nach außen zu entweichen, bekräftigte nicht unbedingt den Wahrheitsgehalt dieses Dementis. Dies schien dem zweiten Weihnachtsmann entgangen zu sein: „Da hörst du´s", schnaubte er seinen Boss an. „Lass dich doch nicht von dem da", er wedelte mit seinen Säcken in Magnus´ Richtung, „kirre machen! Hast du etwa eine Sirene oder Alarmglocke gehört? Komm, wir machen hinne und sehen, dass wir hier ´rauskommen!"

Unruhig schaute der Oberräuber zwischen dem Rotgesicht und dem unverletzten Selbstmörder hin und her. Woher nahm dieser Kerl bloß sein Selbstvertrauen und seine Überheblichkeit? „Richtig", entschied er mit Schweißtropfen auf der Stirn, die nicht nur von der Wärme seiner Weihnachtsmannmütze herrührten. Er blickte seinem Widersacher grimmig und entschlossen ins Gesicht. „Und selbst wenn es einen Alarm gab, können wir immer noch abhauen, wenn wir die Polizei-

sirenen hören. Hier gibt es nämlich einen Hin-
terausgang und rate mal, was da mit laufen-
dem Motor auf uns wartet!"

„Ja", nickte Magnus und nahm eine seiner er-
hobenen Hände herunter, um sich nachdenk-
lich über das glattrasierte Kinn zu streichen.
„Natürlich kommt die Polizei lautstark mit
Sirenengeheul, ebenso, wie Sie vorhin eine
schrillende Alarmglocke gehört hätten, wenn
jemand einen in einer Bank selbstverständ-
lich nicht vorhandenen Notfallknopf gedrückt
hätte. Ich jedenfalls würde mich nicht wun-
dern, wenn jeden Moment..." Er unterbrach
sich und schaute mit gespitzten Ohren in
Richtung Eingangstür. Durch die Mattglas-
scheibe konnte man aus der hell erleuchteten
Schalterhalle nicht in die Dunkelheit nach

draußen sehen, aber deutlich war das Geräusch von sich nähernden Schritten und unterdrücktes Befehlsgemurmel zu vernehmen.

„Scheiße!" Die beiden Weihnachtsmänner warfen sich einen gehetzten Blick zu. „Raus hier", rief der Oberweihnachtsmann und rannte seinem bereits fliehenden Komplizen hinterher, nicht, ohne einen wütenden Blick auf Magnus zu werfen, als sei der an dem Fiasko schuld, das sie hier erlebt hatten. Wer gute Ohren hatte, konnte das Zuschlagen der Hintertür und bald darauf das Geräusch eines wegbrausenden Autos hören. Vor dem Haupteingang war es hingegen still geworden, es stürmten auch keine Polizisten mit Sicherheitswesten und in Anschlag gebrachten Waffen in die Bank.

„Nun, meine Herren", wandte sich Magnus an die Schalterbeamten. „Wenn Sie tatsächlich keinen Alarmknopf betätigt haben, wäre es nun an der Zeit, die Polizei anzurufen."

„Doch, das haben wir", antwortete der Angestellte mit dem jetzt ziemlich blass wirkenden Gesicht. „Aber wieso…"

„Wieso noch keine Polizisten vor der Tür stehen? Nun, ich denke, sie brauchen einfach ihre Zeit. Wieso Sie dies glaubten? Wissen Sie, ich bin tatsächlich der Weihnachtsmann.

Aber davon kann man im Sommer ziemlich schlecht leben. Daher verdiene ich sonst mein Geld als Illusionist und – Bauchredner. Geräusche mache ich auch ganz gut, wie Sie gehört haben. Ich hätte selbst nicht gedacht, wozu das mal gut sein kann. Jedenfalls ist ja alles noch einmal gut gegangen. Und Sie waren ein hinreißendes Publikum.

Leider fürchte ich, ich kann jetzt nicht mehr bleiben, um dieses kleine Weihnachtswunder mit Ihnen zu feiern, da ich noch einige dringliche Verabredungen habe. Sie wissen, ich bin Weihnachtsmann." Eine knappe Verbeugung und Magnus wandte sich dem Ausgang zu. Über die Schulter rief er noch zurück: „Ich wünsche Ihnen ein zauberhaftes Weihnachtsfest!" Worauf das Rentier auf dem Tresen knurrte: „Und ich muss wieder seinen Schlitten ziehen!"

Erst als die Polizei eingetroffen war und alle Anwesenden befragte, bemerkte die Dame im teuren Pelz, dass die Einnahmen ihres Modegeschäftes nicht in der Manteltasche steckten. Hatte sie sie im Laden liegenlassen, weil sie schon ein paar Gläschen Weihnachtssekt getrunken hatte? Hatte sie sie unterwegs verloren, weil sie sich beim Gehen in diesen unbequemen Schuhen so unsicher fühlte und sich ständig irgendwo abstützen musste? Vielleicht beim Aussteigen aus dem Taxi? Natürlich ein großer Verlust, den sie aber leicht verwinden würde. Und mal ehrlich: War diese Vorstellung nicht so ein paar Tausend Euro wert gewesen?

Der Knecht

Schon immer war uns allen klar,

dass Nikolaus ein Guter war.

Er schenkte Kindern leck´re Sachen

und konnte gar nichts Schlechtes machen.

Höchstens aus der Zahnfee Sicht,

doch die gab es früher nicht.

Nur ist ein Mensch aus Fleisch und Blut

niemals immer einfach gut.

Auch Nikolaus, trotz Heil´genschein

konnte richtig böse sein.

Die das nicht sehen wollen hatten,

nannten diesen schwarzen Schatten

Knecht Ruprecht, der mit seiner Rute

andres tat, als nur das Gute.

Abgelöst vom Weihnachtsheld
tat der nun Böses auf der Welt.

Ich weiß ja nicht, wie ihr das macht,
hat jemand sich was ausgedacht,
eine Idee zur Welt gebracht,
die ist wie grad für euch gemacht.

Ich hab´ sie einfach mal kopiert
und für mich selber adaptiert.
So hatte ich zur Weihnachtszeit
stets den gleichen Satz bereit.

War mein Verhalten wem nicht recht:
Das war ich nicht, das war der Knecht!
Macht´ ich, was auch immer, schlecht:
Das war nicht ich, das war der Knecht!

War ich als Fuffz´ger mal nicht echt:

Das war natürlich auch der Knecht!

Doch kommt in diesen letzten Jahren

bell-jingelnd Santa angefahren.

Den Schlitten so voll mit Geschenken

kann er kaum noch richtig lenken.

Da ist kein Platz mehr drauf für Knechte,

zurück zum Heil´gen muss das Schlechte.

Ausredentechnisch ist das schlecht!

Drum, ist euch was an mir nicht recht,

bitte ich euch, ach, vergebt mir:

Das war ich nicht, das war das Rentier!

Fengari

„Es sieht nach Regen aus – vergiss den Schirm nicht!" Fengari quälte sich etwas ähnliches wie ein belustigtes Lächeln auf die Lippen. Der Witz war vermutlich kaum jünger als die erste Mondstation. Statt einer platten Antwort hielt sie den kleinen Monitor an ihrem Handgelenk vor das Objektiv der Schleusenkamera. Die Kontrolllampe des elektromagnetischen Schutzschildes leuchtete in beruhigendem Rubinton. „Rot. Alles im grünen Bereich", kommentierte sie knapp. „Na dann viel Spaß! Und schwimm nicht zu weit raus!" Ins Mondmeer – ha, ha! Eigentlich war Jan, glaubte sie, wahrscheinlich ein ganz netter Kerl, sicherlich nicht so phantasielos langweilig wie die Kollegen ihres Arbeitskreises, und wenn er sich für sie interessiert hätte, was er tatsächlich tat, was sie aber nicht wusste, hätte sie auch nichts dagegen gehabt, ihn näher kennen zu lernen. Im Gegenteil! Aber diese dummen Phrasen gingen ihr irgendwie auf den Keks.

Jan mochte es auch nicht wirklich, blöde Sprüche zu machen. Viel lieber hätte er ihr etwas Nettes mit auf den Weg gegeben, etwas Persönliches zu ihr gesagt, wie dass er sich immer wieder Sorgen machte, wenn sie alleine nach draußen an die Oberfläche fuhr, die höhlige Sicherheit des Stützpunktes gegen die Kälte und die kosmische Strahlung des Weltalls tauschte. Aber so konnte man einer Wissenschaftlerin natürlich nicht kommen. Überhaupt kam er an die bezaubernde junge Frau mit den langen Beinen und dem sanften Lächeln nicht heran. „Komm heil zurück!", dachte er noch mit einem Gefühl irrationaler Sehnsucht, bevor er das Mikrophon ausschaltete. Er wusste nicht, dass er nur dachte, dass er das nur dachte, aber sein Segenswunsch war so leise gehaucht, dass er auf dem Weg vom Hören zum Verstehen irgendwo in einem vorbewussten Areal von Fengaris Gehirn hängenblieb. Jetzt hüpfte sie mit einem eleganten Dreimetersatz in den Moonbuggy und preschte auf das unendliche Mondmeer hinaus, an oder unter dessen Rand ihr Forschungsinstitut lag. Mare Crisium, das Meer der Gefahren.

Fengari liebte es, schlingernd und federnd, halb fahrend, halb fliegend über die Geröll-flächen des gewaltigen Kraters zu rasen. Aller Gedankenmüll ruckelte sich ins Unbewusste hinab und befreite das konzentrierte Hirn für die Aufnahme neuer Sinneseindrücke. Seit Monaten war sie nun fast jeden Tag unterwegs in diesem Meer und immer wieder gelang es ihrem Navigationssystem, sie an einen unbekannten Ort zu führen. Und jedes Mal war es anders, gab es neue Gesteinsformationen, noch nie gesehene Farbtöne und überraschende Oberflächenstrukturen. Sie wusste gar nicht, wie schwer es war, diese Begeisterung ihren Kollegen zu vermitteln, die ihre lebendigen Beschreibungen nicht mit ihrem eigenen Bild einer toten Wüste in Deckung bringen konnten.

Die Kollegen wussten es schon. Tatsächlich galt die Frau mit dem seltsamen Namen im Team als eher verschroben. Man hatte sich daran gewöhnt, einen Felsbrocken, den sie beispielsweise als „vom Umfang eines Rugbyballes, polygonal konfiguriert mit partiell abgerundeten Vorsprüngen, leopardenfleckfarben mit kleinen dunkellila Einsprengseln und an Rosenquarz erinnernde Äderung, von zartporösem Aspekt aber elfenbeinartiger Härte mit fingerkuppengroßen flachen Aushöhlungen und dem asymmetrisch verteilten Gewicht einer hawaiianischen reifen Ananas" beschrieb, als das zu verstehen, was er für alle anderen war: ein dunkler Stein. Man schätzte ihre wissenschaftliche Tätigkeit, man bewunderte ihre sportliche Figur, aber was die private Kommunikation anging: So richtig wollte niemand sich auf sie einlassen, sich in ihre Welt bewegen, die Traumwelt dieser Frau mit dem abwesend schwärmerischen Blick, dieses Wesens von einem anderen Stern. Außer Jan natürlich. Der wollte, aber traute sich nicht. Es war nicht üblich, sich als Techniker an den Tisch der Forscher zu setzen, und sie anzusprechen, das wagte er erst recht nicht. Eine Zurückweisung hätte sein zartes Ego zu sehr erschüttert.

Eine leichte Vibration des Bodens, von dem sie gerade eine Probe entnahm, ließ Fengari aufhorchen. Natürlich hörte sie nichts, da es keine Luft gab, die Schallwellen hätte leiten können, die vermutlich sowieso nicht durch ihren Helm gedrungen wären. Dieses Wissen verhinderte jedoch nicht das reflexhafte Aufrichten des Oberkörpers und eine kurze Konzentration auf irgendwelche möglichen oder eher unmöglichen Höreindrücke. Erst danach erfolgte ein rasches Kopfdrehen und ein hektisch anmutender Blickrichtungswechsel nach links und rechts. Eine Wolke von mondbeschleunigt sanft herabfallendem Sand und Staub senkte sich vielleicht fünfzig Meter rechts von ihr durch den leeren Raum. Und dann passierte es, etwas weiter entfernt, direkt in ihrem Sichtfeld: „Rumms!" hätte in einem geschwungenen weißen Rahmen mit vereinzelten Jugendstilelementen auf der schwarzen Tafel gestanden, die jetzt in einem Stummfilm eingeblendet worden wäre. Der Meteorit war viel zu schnell, als dass sie ihn wirklich hätte erkennen können. Aber das hochspritzende Erd- oder eher Mondreich ließ sie seinen Einschlag in vollem Umfang und in seiner vollen Bedrohlichkeit wahrnehmen. Der Boden erzitterte wesentlich stärker als beim Auftreffen des ersten Gesteinsbrockens und die bedächtig niederfallenden Steine bildeten einen mehr als hüfthohen Kraterrand von der Größe einer Elefantenbadewanne. Ob ihr elektromagnetischer Schutzschirm einen solchen Kaventsmann wirklich ablenken könnte? Und wenn er nun gar nicht magnetisch war? „Rumms!" dachte sie, denn die nächste Erschütterung ließ sie kurz vom Boden abheben. Gehetzt sah sie sich um. Direkt hinter ihr. Gar nicht so groß, aber verdammt nahe! Warum war sie nicht dichter bei ihrem Fahrzeug geblieben. Das hatte ein stärkeres Magnetfeld - „Rumms!"

Ein Regenschirm kann doch auch Hagel abhalten. Nachgeben und Ablenken. Ein Blick aufs Handgelenk. Zuversichtlich zwinkerte ihr das rote Lämpchen zu. Ein weiterer Blick, diesmal auf ihren Wüstenflitzer. Dort leuchtete nichts. Hatte sie etwa vergessen...nein! Das Abwehrsystem schaltete sich automatisch ein. Vielleicht handelte es sich um eine – „Rumms!" Ja! Die knapp an ihr vorbeischießenden Metall- und Gummiteile ließen sich als klaren Hinweis auf die Folge einer eklatanten Fehlfunktion deuten.

„Kompletter Signalausfall bei deiner Karre! Alles in Ordnung bei dir?" Die Stimme in ihrem Helmlautsprecher rief ihr in Erinnerung, dass sie nicht allein war hier draußen in der Einsamkeit der Mondwüste. Nur was für ein Trost ist es für einen Soldaten, der unter Feindbeschuss im Granathagel durch ein Minenfeld läuft, dass ihn sein General durch ein Fernglas dabei beobachtet. Fengari lief nicht. Sie stand stocksteif im stillen Trommelfeuer der rings um sie herum einschlagenden kosmischen Materie. „Komm heil zurück", flüsterte eine fürsorgliche Stimme irgendwo in ihrem Kopf. Sie schaute nach oben und sah, nein spürte, wie die magnetischen Hagelkörner von ihrem Schirm abglitten und sich neben ihr mit explosiver Brutalität tief in den bröseligen mit granitgrauem Mineralstaub bedeckten Boden bohrten. Aufspritzender Mondschotter, geborstenes wirbelndes Gestein, auch die feinsten Materieteilchen konnten sich nicht lange genug in der Luftlosigkeit halten, um als verhüllende Wolke ihre

Sicht zu trüben. Sie stand im prasselnden Steinregen unter dem unsichtbaren Schutz ihres großen Regenschirmes.

„Ja", antwortete sie nach einer unendlich währenden Minute, während sich ein kindlich erleichtertes Lächeln von niemandem gesehen aus der Herzgegend auf ihr Gesicht schlich. Die heftigen Erschütterungen der größeren Himmelskörper, die hier und dort auf die Mondoberfläche trafen, konnten ihre aufkommende gute Laune nicht beeinträchtigen. „Ja, mir geht es gut. Nur mein Fahrzeug hat sich gemeinsam mit seinem Signal in den Zustand der Nichtexistenz verabschiedet. Vielleicht kann mich ja hier jemand abholen, wenn der Kometenschauer zu Ende ist?" – „Roger! Jan ist schon auf dem Weg nach oben. Kaum hat das Signal geschwächelt, ist er gleich in den Notfallaufzug und schält sich vermutlich gerade voller Hektik in den Raumanzug. Ich werde ihn erst mal beruhigen. Keine Ahnung, warum er so aufgeregt war." Fengaris Mundwinkel hoben sich noch etwas weiter und quetschten ein Tränchen der Rührung aus den strahlenden Augen. „Ja, keine Ahnung. Sag ihm einfach, ich stehe hier wohlbehütet unter meinem Regenschirm und warte auf ihn!"

Weihnachtswampe

Es war wieder soweit. Kaum hatte er elf Monate geschlafen, schon stupste ihn die feuchte Schnauze seines Leitrentiers an. Er drehte sich mühsam grunzend um und kuschelte seinen weichen, weißen, warmen Bart in die kühle Seite des Kissens. Hatte es eben noch einen sanft aufweckenden Charakter gehabt, so änderte das Stupsen sich jetzt in ein aufforderndes und schließlich aufdringliches Gedrängele. Warum mussten Rentiere nur so stur sein? Es half nichts! Ächzend wälzte er sich aus seiner Bettstatt, gähnend räkelte er seine verschlafenen Glieder. Mit einer großen Handvoll frischen Schnees rieb er sich den Schlaf aus den müden Augen.

„Hast ja recht", brummte er und tätschelte mit dankbaren Fingern das pflichtbewusste Rentiermaul. „Ist nun mal mein Job. Jedes Jahr wieder!" Er langte nach seiner schweren roten Samthose. „Hoffentlich kneift sie nicht wieder so wie letztes Jahr!"

Sie kniff nicht. Das war nicht so erfreulich, wie man denken könnte, denn sie kniff nur deshalb nicht, weil es ihm trotz aller weihnachtsmännlichen Kraft nicht gelingen wollte, sie unter, geschweige denn über seinem Bauch zu schließen. Er musste ganz schön zugenommen haben. Vielleicht waren es doch ein oder zwei Dominosteinchen zu viel gewesen? Er musste an saftige Honigprinten und zarte Lebkuchen denken. Das Wasser lief ihm im Mund zusammen. Tatsächlich war es natürlich Spucke, die seine Speicheldrüsen absonderten, aber Wasser klang irgendwie appetitlicher. Beim Gedanken an Pfefferkuchen musste er schmunzeln. Einmal hatte er so einem frechen Balg wirklich Pfeffer in sein Weihnachtsgebäck manipuliert. Und zwar richtig viel und richtig scharfen Pfeffer. Unwillkürlich fuhr seine Hand an den rechten Rippenbogen und tastete nach der Leber. Möglicherweise hätte er auch nicht jeden Schnaps annehmen sollen, den ihm ein weihnachtsfroher Vater angeboten hatte. Bei ein paar Hunderten wäre das nicht so schlimm gewesen, aber im Lauf so eines Weihnachtsabends kam doch ganz schön was zusammen. Diesmal würde er...

Aber halt! Das brachte ihn nicht weiter. Noch einmal zog er so kräftig er konnte den Bauch ein, hielt die Luft an und zerrte mit aller Macht an dem vermaledeiten Beinkleid, bis sein Gesicht die Farbe seines Outfits angenommen hatte. Nichts zu machen – es war aussichtslos! Einen Moment lang erwog er, die Hose andersherum anzuziehen. Mut zur rückwärtigen Lücke gewissermaßen. Er müsste dann nur aufpassen, dass er den Geschenkesack immer schön mittig auf und vor allem unter dem Rücken trug. Dann, sitzend oder mit der Wand als Sichtschutz könnte er die Geschenke verteilen um danach sofort wieder… Nein! Das würde er nicht durchhalten. Irgendwann würde er einen Fehler machen und dann: „Mama, dem Weihnachtsmann ist seine Hose geplatzt", hörte er die Kinder im Geiste rufen. Nochmals nein!

„Vielleicht schaffe ich es ja auch, mir auf die Schnelle eine neue Hose zu schneidern", dachte er laut vor sich hin. „Aber nicht aus Rentierleder", schienen die Augen seines klugen Leittieres ängstlich zu protestieren. Das stimmte natürlich. Woher sollte er ein Material nehmen, das den Anforderungen einer Weihnachtsmannhose genügte? Kaminfest musste es sein, isolierend gegen Schneekälte und Kerzenhitze und natürlich fleckresistent. Vor allem schokoladeabweisend musste es sein. Er warf einen Blick auf den großen Geschenkesack. Ob man vielleicht daraus etwas machen könnte? Als hätte das Rentier seine Gedanken gelesen, stützte es seinen rechten Vorderhuf in die Flanke und schüttelte ablehnend sein Geweih. „Und worin sollen dann die Gaben transportiert werden?" schien es sagen zu wollen. Möglicherweise wollte es aber auch nur modische Bedenken zum Ausdruck bringen, denn ein Sack als Hose war wirklich nicht das, was man von einem Weihnachtsmann erwarten durfte. „Ja, ja, du hast ja schon wieder recht", murmelte er etwas resigniert vor sich hin.

Es war schwierig. Wenn er wenigstens ein wenig vernünftigen Stoff hätte, dann könnte er die Hose mit zwei Keileinsätzen an den Nähten erweitern. Das hatte seine Mutter damals gemacht, als er begonnen hatte, einen Bauch anzusetzen, soweit er sich erinnern konnte. Wenn er ehrlich zu sich selbst war, konnte er sich nicht erinnern. Er wusste nicht einmal, ob er überhaupt jemals eine Mutter gehabt hatte. Das musste alles schon so lange her sein! Trotzdem fand er die Idee nicht schlecht. Der Gürtel war ja lang genug, es fehlte also nur ein wenig Stoff. Nach-

denklich strich er sich über den langen weißen Bart. Sein Rentier nickte.

Nun muss man wissen, dass Weihnachts-
mannbärte alle erdenklichen guten Eigen-
schaften haben. Sie sind kaminfest, kälte-
und hitzeisolierend und vor allem fleckresistent und schokoladeabweisend. Wer wusste
schon, ob man daraus nicht auch ein ganz be-
sonders hochwertiges Gewebe fertigen konnte, das… Verblüfft schaute der Weihnachtsmann seinem treuen Leittier in die frechen
Augen. „Das meinst du doch nicht wirklich,
oder?"

Was Rentiere wirklich meinen und Weihnachtsmänner wirklich tun, weiß man nicht.
Sollte aber jemand dieses Jahr das Gefühl
haben, der Bart des Weihnachtsmannes sei
ein wenig kürzer als sonst, empfehlen wir

Diskretion beim Blick auf seine Hosennähte. Das Beste wäre, sich völlig normal zu verhalten und ihm eine Kleinigkeit anzubieten. Über einen fettarmen Dinkelspekulatius und ein Tässchen ungesüßten Tee wird er sich sicher freuen.

Geister

Es war die erste Zusammenkunft dieser Art, und eigentlich gab es sie gar nicht. Die Teilnehmer der Versammlung hatten nie wirklich gelebt, und dennoch war ihr Leben nicht so verlaufen, wie sie es sich gewünscht hätten. Genau genommen waren sie alle gestorben. Nun, das war nichts Ungewöhnliches, wenn man vorher ein Leben gehabt hatte. Sie aber waren gestorben, bevor sie gelebt hatten. Sie wussten gar nicht, wie gut sie es damit hatten, wenn man sie mit Figuren aus historischen Romanen verglich, die sich in etlichen Wendungen gegen ihr Schicksal wehrten, Folter und Erniedrigungen über sich ergehen lassen mussten, Hoffnungen und Enttäuschungen, unendliche Qualen und Leiden er- und durchlebten, um schließlich in der Blüte ihres Lebens oder als verbitterte, verwelkte Gestalten den – oh so oft gewaltsamen – Tod zu finden.

Nein – sie waren die Opfer von Kriminalromanen. Das Buch begann, und sie waren tot. War es wirklich ein Trost, dass ein selbstsicher-eingebildeter Kriminalist in fast allen Fällen herausfand, wer der Täter war, der sie aus der Nicht-Existenz ins Jenseits befördert hatte? Oder eine Kriminalistin, wie eine gerade erst hinzu gekommene Opferin betonte?

Es war eine eigenartige Mischung aus Charakteren, die sich hier zusammengefunden hatte. Die junge, hübsche und arglose Frau, die den verqueren Gedanken eines Psychopathen oder eher der daraus resultierenden abscheulichen, vielleicht sogar abstrusen Handlung erlegen war, passte so gar nicht zu dem widerlichen Ekel, dem der Leser sowieso den Tod gewünscht hätte, nachdem er in die Abgründe seiner Seele eingeweiht wurde, und über dessen Tod als einzige offene Frage im Raum der Belletristik der Zweifel stand, wieso nicht schon längst jemand anderes vor dem wohlverstandenen Täter das Unvermeidliche vollbracht hatte. So lang und unübersichtlich dieser Satz war, so verschieden waren die Ermordeten, die sich im Himmel der Kriminalromanopfer zusammengefunden hatten. Und doch hatten sie alle etwas gemeinsam.

Ihr geistiger Vater war ein und derselbe Autor. Und hier gab es kein Vertun und auch keine genderkorrekten Ausflüchte. Es war ein Mann, der ihnen allen das angetan hatte. Um die Privatsphäre des mörderischen Literaten nicht zu sehr zu verletzen, bleibt sein Name hier unerwähnt.

In Ermangelung eines geeigneteren Versammlungsraumes waren sie alle gleichzeitig in seinem Hirn eingetroffen. Wenn jemand, der nie gelebt hatte, für einen Ort den Begriff Heimat oder gar zu Hause zu gebrauchen wagen durfte, dann war dieser für alle Versammelten eindeutig hier. Jede und jeder von ihnen war schon ein paar Male in den Gedanken oder Träumen ihres Schöpfers erschienen, um mit ihm zu rechten. Allerdings bislang ohne irgendeinen greifbaren Erfolg.

Natürlich waren sie auch schon in dem ein oder anderen Leserkopf aufgetaucht, aber dort herrschte selbst nach der Lektüre des entsprechenden Romans meist so ein Gedränge und Gewusele von im selben Buch lebenden Haupt- und Nebenakteuren – ja, lebenden, zumindest in diesem Krimi lebendigen Menschen – dass sie mit ihren Anliegen gar nicht wahrgenommen wurden. Dabei waren ihre Wünsche so vielfältig, wie sie nur sein konnten. Ein Leben gehabt zu haben stand natürlich immer im Vordergrund. Aber an ihren Autor gab es auch den Wunsch nach Schuldeingeständnis und Entschuldigung. Es gab den Wunsch nach Elternliebe. Und den Wunsch nach Rache.

Als Zeitpunkt für ihr Treffen hatten sie bewusst die späte Nacht gewählt. Wer wollte schon in einem Versammlungsraum tagen, der ständig mit seinen Gedanken und diesen neunmalklugen, bewussten, rational arroganten, emotionsfernen Worten das Leiden am ungelebten Leben aus dem Saal seiner Gehirnwindungen fegte. Also fand die Tagung in der Nacht statt. Müdigkeit gab es im Nicht-Leben eines bereits vor dem Beginn seiner Existenz getöteten Menschen nicht.

Im Leben eines Autors schon. Der Waffe seiner Logik im tiefen Schlaf beraubt hatte er keine Wahl: Wehrlos musste er die wilden elektrischen Impulse der Neuronen seiner Denkzentrale hinnehmen. Die Wände seiner Hirnhäute wurden zu Ohren für die Anliegen seiner Opfer. So sehr er im Bett mit den Armen um sich schlug, so passiv erduldete er das Leid seiner unbeseelten Geschöpfe.

Kein Mensch – und so weit wir Menschen das wirklich wissen – auch niemand anderes kann sagen, wie lange die Versammlung dauerte und was gesagt, gedacht oder gefühlt wurde. Im Traum gibt es keine Zeit wie wir sie aus der Wachheit kennen. Jedenfalls war es eine sehr lange Tagung, Nachtung oder was auch immer. Und was auch immer dort passierte, es schien die Schädeldecke des Träumers zu durchdringen und bis in seine Bücher durchzusickern, die nebenan voll Stolz aufgereiht im Regal schliefen.

War es Neugier, war es Empathie, war es eigene Unzufriedenheit? Immer mehr Charaktere schienen es als angemessen zu erachten, uneingeladen am Meeting der Mordopfer teilzunehmen. Da waren trauernde Hinterbliebene, da waren unglücklich Verliebte, da waren Betrogene und Bestohlene, da waren zu Unrecht herausgeschmissene Angestellte, da waren trotz aller Mühen an ihren Zielen oder gar am Leben Gescheiterte. Sie alle mischten ihre Klagen voller Wut, Katzenjammer oder Resignation in die Beschwerden der Ermordeten. Wütendes Geschimpfe wurde von stummem Vorwurf überschrien, Sturzfluten von Tränen fachten das wütende Feuer der Empörung an. Immer dichter wurde das Gedränge, immer mehr Fäuste hämmerten mit grimmiger Verzweiflung gegen die Gummizellenwände des gemarterten Gehirns.

Es war so voll, dass man kaum noch treten konnte, aber irgendjemandem gelang es leider doch. Hinterher konnte man kaum noch sagen, wer es war, vermutlich der Doppelmörder mit der verkorksten Kindheit. Von dem war man ja Fehltritte aller Art gewöhnt. Vielleicht war ein kleiner Schubser dabei,

vielleicht war es auch ein unbedachter Aus-
weichschritt. Auf einmal stand er auf diesem
fetten Neuronenkabel dort im Zwischenhirn
zwischen Thalamus und Hypothalamus, von wo
aus das Aufwachen eingeleitet wurde.

Das aufdämmernde Bewusstsein des Autors ließ die Gemütlichkeit seiner Denkgewöl-
be in ein bedrohliches Grau zerfließen, dem
man schon das grelle Weiß der Vernunft an-
zusehen glaubte. Ein paar Traumgestalten
flüchteten sich in die kleinen, teils schwer
zugänglichen Kammern des Gedächtnisses.
Der Großteil jedoch wurde von einem tiefen
erwachend-stöhnenden Atemzug weggeweht,
nicht ohne vorher noch überall im limbischen
System ein paar Fuß-, Hand- oder wenigstens,
wie in Kriminalromanen üblich, Fingerabdrü-
cke zu hinterlassen.

War es nur ein Traum gewesen? Der halb erwachte Schläfer wischte sich die Tränen seiner ins Unglück geschriebenen Romanfiguren von der Stirn und hielt sie für den Schweiß seines schlechten Gewissens. Er schüttelte den Kopf, um etwas Licht in sein Gehirn zu bringen und die verschwommenen verschwindenden Gestalten besser sehen zu können. Das war etwa so erfolgreich wie das Einschalten einer Deckenlampe, um die Atmosphäre des Kerzenlichts deutlicher wahrnehmen zu können. Enttäuscht schaute er seinen fliehenden Charakteren hinterher, ein paar vorwurfsvolle Worte klangen noch etwas in seinem Ohr nach. Mühsam krempelte er seine Gedächtniszellen um und entschuldigte sich bei den wenigen vom Licht deformierten Erinnerungen für ihr Leid. Was für eine Nacht!

Es folgten einige Tage des Grübelns. Wie konnte er das Elend seiner Romanfiguren wiedergutmachen? Bücher verbrennen war noch nie eine gute Lösung. Eine Fortsetzung aller Romane mit Happy End schreiben? Für alle Beteiligten? Ein glücklicher Ausgang für Mörder und Ermordete? Unmöglich! Übrigens auch langweilig. Oder doch nicht? Was wäre denn, wenn es nun wirklich einen Himmel für Romanfiguren gäbe? Wo sie alle glücklich zusammensäßen und sich Anekdoten über ihr Leben und Ableben erzählten, ihre eigenen Schwächen belächelten und die der Anderen übersähen, sich gegenseitig alles vergäben, und vielleicht sogar ihrem Autor. Es würde eine Menge Arbeit bedeuten, über dieses Paradies zu schreiben und dabei natürlich keinen seiner Charaktere zu vergessen. Und trotzdem: Langsam begann er sich schon wohler zu fühlen, die Verwerfungen seines Schriftstellergewissens begannen sich in einer sanften Aura von Kreativität zu glätten. Warum sollten sie sich nicht dort in einer Ewigkeit versammeln, wo all die Unzulänglichkeiten seiner Kriminalromane nur noch wie ein vergänglicher Windhauch durch die himmlischen Hallen der Glückseligkeit zogen? Zugegeben: Die Idee an sich war nicht neu. Aber ein bisschen Abschreiben von Ihm dürfte doch wohl erlaubt sein. Der Autor lächelte. Es handelte sich um einen ganz alten Schöpfertrick.

Das Weihnachtswunder

In Bethlehem am Waldessaum

Stand im Jahr Null ein Tannenbaum.

Nachts sah er nach des Tages Ruh

Den Schafen gern beim Schlafen zu.

Auch in jener Weihnachts-Nacht

Hat er es wie sonst gemacht.

Ungläubig stand er an der Weide,

Denn unbekehrt war er noch Heide.

Da trat in englischer Manier

Ein Strahlemann ins Schafrevier.

Vielleicht auch eine Leuchtefrau,

Das weiß man nicht mehr so genau.

Die Hirten, aufgeweckt vom Wachen,

Verspürten Furcht und solche Sachen.

(Es fehlt dem Mensch, lehrt die Geschichte,

Die Coolness einer Tannen-Fichte.)

Doch hilft bei Angst und Seelennot

Dem Gläubigen ein Furchtverbot.

So wurde angstfrei in der Nacht

Den Frommen frohe Mär gebracht.

Von einem Kind in einer Krippe

Und Freude für die Menschensippe

Von Gott im Himmel, Mensch hienieden,

Oben Ehre unten Frieden,

Von Menschheitsglück in Menschgestalt

In einem Stall recht fern vom Wald.

Und als dann all die Himmelsscharen,

Kaum aufgetaucht, verschwunden waren,

Zogen Schaf und Schäfer fort

Zum sternbestrahlten Stall im Ort.

Alles macht` sich auf die Beine,

Nur die Tanne hatte keine.

Doch zog´s, weil Bäume weise sind,

Die Tanne so zum Christuskind,

Dass sie, die sonst so ortsgebunden,

Beschloss, dies Wunder zu erkunden.

Sie riss die Wurzeln aus der Erde

Und folgte Hirten, Hund und Herde.

Dann schlich sie in des Stalles Enge

Ins Esel- Ochs- und Menschgedränge.

Kaum hatte sie das Kind gesehen,

War´s um ihr Heidentum geschehen.

So stand sie schwarz und schwieg allein

Als einz´ger Baum mit Heil´genschein.

Fromm faltete sie ihre Äste,

Da kamen auch schon neue Gäste:

Drei Könige mit teuren Gaben

Für den kleinen Wunderknaben.

Sie schenkten ihm mit frohen Herzen

Weihrauch, Myrrhe, Weihnachtskerzen.

Flammen, Wachs und Stroh im Raum...

Zum Glück stand da der Tannenbaum!

Der hielt die Lichter fest und treu,

Kein Funke fiel aufs heil´ge Heu.

Zweitausend Jahre oder mehr

Ist das Ganze nunmehr her.

Niemand hat uns aufgeschrieben,

Was diese Tanne dort getrieben.

Evangelistisches Versäumnis

Verheimlicht uns dies Weihnachtsbäumnis,

Weshalb uns dran erinnern musste

Das kollektive Unbewusste.

Kurz – dass wir heut den Christbaum kennen,

Muss man einfach Wunder nennen.

Himmel

Es war das erste Mal, dass er gestorben war. Zumindest soweit er sich erinnern konnte, und in diesen Dingen hatte Herr Altenstein ein gutes Gedächtnis. Ziemlich überraschend war es gekommen. Überraschend war er gekommen, der Tod. Nicht, dass er sich beschweren hätte wollen, weil er noch zu jung gewesen wäre, weil dies noch nicht seine Zeit sei oder weil er noch so viel zu erledigen gehabt hätte. Nein, nur erwartet hatte er nicht, jetzt schon zu sterben. So plötzlich, so unerwartet. Immer hatte er gedacht, sein Name sei so etwas wie eine Bestimmung. Steinalt würde er werden. Natürlich war er nicht abergläubisch, im Gegenteil, er war ein guter Christ und insofern auch vorbildlich vorbereitet auf den Tod, der da kommen könnte wie der Dieb in der Nacht. Herr Altenstein war ein bescheidener, zufriedener Mensch. Wenn er auch nicht verhehlen konnte, sich für einen frommen Menschen zu halten, der im Großen und Ganzen ganz in Ordnung war, so wie er war, so fühlte er sich doch keinesfalls rein und makellos. Dafür nahm er sich seine Fehler, seine kleinen menschlichen Fehler, zu sehr zu Herzen. Und wenn er insgesamt einen recht passablen Christenmenschen abgab, so lag das ja auch nicht an ihm selbst, sondern einfach an seinem Naturell. Er hatte gar nicht viel dazu beigetragen. Er war von Natur aus friedlich, zurückhaltend und großzügig, er forderte nicht zu viel für sich und alles, was er sich wünschte, war ein ruhiges Leben. Na, damit war es ja jetzt wohl vorbei. Mit dem Leben.

Es stand sich wolkig weich auf dem weißen welligen Boden vor dieser merkwürdigen mörtellosen Mauer, diesem gewaltigen Nichts, durch das er nicht durchzukommen gewusst hätte, wäre da nicht der Pförtner gewesen. Der alte Mann mit dem langen weißen Bart blickte ihm aus weisen Augen erwartungsvoll entgegen.

„Sind Sie Petrus?" fragte er ihn, da er hinter ihm einen einladenden Durchgang vom Nirgendwo ins Paradies durchschimmern ahnte. Petrus gähnte und hielt sich seine steinalte Fischerhand vor den weit geöffneten Mund.

„Na das ist doch mal eine originelle Frage. Habe ich ja noch nie gehört." Er neigte sein weises, weißes Haupt um circa 30 Grad nach vorne, um Herrn Altenstein über den Rand seiner rahmenlosen, offensichtlich entspiegelten Halbbrille hinweg mit hochgezogenen Augenbrauen anzuschauen. „Frage ich Sie vielleicht, was Sie hier wollen? Wer, denken Sie, könnte sonst hier vor dem Himmelstor sitzen?" Er klapperte mit seinem überdimensionierten altmodischen Schlüsselbund.

„Ja, da haben Sie Recht, das hätte ich mir denken können, also ich meine, das habe ich mir ja gedacht und es war wohl überflüssig... Entschuldigen Sie!" Er sah sich schüchtern in der unwirklichen Wolkenwelt um. „Ich bin ein wenig ungeschickt, aber das alles hier ist für mich doch ziemlich ungewohnt. Es ist ja das erste Mal, dass ich vor der Himmelstür stehe. Vielleicht werde ich mich bei meinem

nächsten Besuch hier etwas weniger ungeschickt verhalten."

Petrus schmunzelte. „Na, glauben Sie etwa
an die Wiedergeburt?" Er blätterte in seinem
gewaltigen Buch mit dem glänzenden Gold-
schnitt eine Seite zurück. „Nach dem, was
hier steht, scheinen Sie doch ein lupenreiner
Christ zu sein. Nicht, dass es einen großen
Unterschied macht, aber das Tor für Hin-
duisten und Buddhisten ist ganz woanders.
Wenn Sie dort vorstellig werden wollen, würden Sie mir natürlich eine Menge Arbeit er-
sparen. Ich habe nämlich ziemlich viel zu tun.
Was denken Sie, wie viele Christen jede Minute da unten sterben. In der letzten Viertelstunde waren es über 500!"

Wieder sah sich Herr Altenstein um. Keine
Menschenseele weit und breit. „Aber hier ist

niemand, der wartet. Wir sind ganz allein. Es sieht so aus, als hätten wir alle Zeit der Welt."

„So, so. Alle Zeit der Welt. Mag ja sein, dass Sie das noch nicht mitbekommen haben, aber Sie sind hier nicht mehr auf der Welt. Also vergessen Sie das mit Ihrer Zeit. Was ist schon Zeit? Hier gelten andere Regeln. Für einen simplen Fischer wie mich übrigens ziemlich kompliziert, aber es hat was mit Allgegenwart zu tun, soweit ich das verstanden habe. Jedenfalls ist es anstrengend, so viele Menschen am Himmelstor zu empfangen und deshalb habe ich nichts dagegen, wenn Sie lieber an die Pforte des Nirwana klopfen möchten."

„Nein, danke! Da kenne ich mich ja noch viel weniger aus als hier. Außerdem bin ich jetzt ja schon einmal hier und vielleicht", er fuhr sich verlegen über den Mund, „vielleicht habe ich ja hier auch etwas höhere Chancen, durch das Tor zu gelangen." Es fühlte sich ein wenig an, als wollte er einen ungerechtfertigten Vorteil gegenüber anderen Bittstellern vor der Himmelspforte erlangen und das war ihm peinlich. „Natürlich nur, wenn es Ihnen nicht zu viel Mühe macht."

„Gut, gut", brummte Petrus, „es war ja nur so ein Gedanke. Mit dieser Akte", er blätterte die schwer knisternde Seite in dem gigantischen Folianten wieder vor, „kommen Sie sowieso überall ohne Probleme da rein." Er wies mit dem Daumen über seine kräftige Schulter in Richtung auf den ungewissen Zugang in das unbekannte Paradies in seinem Rücken. Es geht ja auch ziemlich schnell. Es gäbe zwar unendlich viel zu erzählen, aber das erübrigt sich gleich alles von selbst. Wieder so ein merkwürdiges Ding. Hat was mit Allwissenheit zu tun, soweit ich das verstanden habe. Es ginge übrigens noch viel schneller, wenn Sie mich nicht gleich noch was fragen würden. Aber was ist schon Zeit!"

„Eine Frage habe ich tatsächlich noch, bevor ich da hineingehe", erfüllte der erleichterte Herr Altenstein die Prophezeiung des vorausschauenden Menschenfischers. „Wohin muss ich mich wenden, um all meine Fragen loszuwerden, meine Dankbarkeit und meine Wut, meine unendliche Unwissenheit? Gibt es einen Informationsschalter oder eine Beschwerdestelle? Kann man den HERREN persönlich sprechen? Sie glauben gar nicht, wie lange ich mich dafür in die Warteschlange stellen würde."

„Sie glauben gar nicht, wie lang die Schlange wäre, wenn es sie gäbe. Allein von unserer Erde sind es über 100.000 Menschen täglich, die IHM diese Fragen stellen wollen."

„Von unserer Erde? Wollen Sie damit sagen, dass es außerirdisches Leben gibt?" Herr Altenstein hatte noch nie etwas von einem Petruslachen gehört. Das lag daran, dass niemand unter den Lebenden davon zu berichten hatte, weil der Heilige es sich erst in den Jahrhunderten seines Nachlebens nach und nach angewöhnt hatte. Jetzt aber hörte er es persönlich, mit eigenen aufgerissenen Ohren. Es war ein gewaltiges, dröhnendes, barterzitterndes und Wolken wackeln lassendes Lachen.

„Ja könnt ihr denn nicht rechnen, da unten auf der Erde? Habt ihr das mit den Naturgesetzen nicht verstanden, oder weigert ihr euch einfach, eurer eigenen Wahrscheinlichkeitsrechnung zu glauben, sobald sie euren geozentrischen Ideen widerspricht? Allein in unserer Milchstraße gibt es fast hundert Milliarden Planeten. Multipliziert man das mit der Zahl der noch mal weit über hundert Milliarden Galaxien im Universum bekommt man eine 22-stellige Zahl, deren Größe jede menschliche Vorstellungskraft übersteigt. Und da soll der HERR nirgends woanders Leben geschaffen haben?"

Herr Altenstein war peinlich berührt, aber auch etwas neugierig. „Gibt es intelligente Lebewesen auf vielen dieser Planeten?" Menschen schien ihm nicht der passende Begriff für diese unbegreifbare außerirdische Existenz.

„Nein, bewohnte Planeten sind eine Rarität. Nur ein paar Millionen."

„Da bräuchte man ja eine Ewigkeit, bis man dran wäre!" Der Himmelsaspirant sackte enttäuscht zusammen, seine Füße sanken ein wenig tiefer in den nicht existenten Boden.

„Na, na, Ewigkeit hat hier oben eine etwas andere Bedeutung, als da unten. Schließlich ist hier alles ewig. Natürlich würde es sehr viel Zeit in Anspruch nehmen. Aber was ist schon Zeit?"

„Ich verstehe. Aber Ungeduld und Neugier. Gibt es die im Himmel nicht?"

„Nicht wirklich. Aber was ist hier oben schon wirklich?" Petrus machte eine Pause. Dann schien er sich wieder auf Herrn Altensteins fragende Seele zu konzentrieren. „Aber es gibt ja keine Schlange. GOTT ist doch überall gleichzeitig. Allgegenwart, Sie erinnern sich? Allerdings haben Sie vermutlich auch gar keine Frage mehr an IHN, wenn Sie da drinnen sind. Sie bekommen automatisch eine große Portion Allwissenheit, sobald Sie das Tor durchschreiten."

Das machte natürlich wieder Mut. Trotzdem blieb ein zweifelndes Gefühl der Unsicherheit. „Ist es nicht sehr langweilig, ewig alles zu wissen? Könnten Sie mir nicht ein klein wenig mehr erzählen, bevor ich meine Neugier verliere?"

Petrus peterlachte. „Ich könnte Ihnen sogar beinahe unendlich viel erzählen. Nur leider fürchte ich, dass Ihr kleines Hirn explodieren würde, wenn es mit all diesen Informationen aufgepustet würde. Und mit einem geplatzten Schädel in den Himmel zu kommen macht doch keinen guten Eindruck, oder? Drüben ist alles viel einfacher."

„Gut. Na dann! Ich nehme an, ich habe Sie richtig verstanden und Sie wollen mir Einlass gewähren." Herr Altenstein machte sich mit einem mulmigen Gefühl im Magen auf, um an Petrus vorbeizugehen und die Schwelle ins Paradies zu überschreiten.

„Noch eine Kleinigkeit." Der kräftige Fischer legte ihm seine schwere Hand federleicht auf die Schulter. „Im Himmel duzen wir uns alle. Ich bin Petrus." Sanft schob er ihn durch das geöffnete weiße Portal.

Das Licht, das Herrn Altenstein in die Augen strahlte, war heller als er erwartet hatte. Genau genommen fühlte er sich beinahe schmerzhaft geblendet.

„Pupillenreaktion auf Licht positiv", sagte eine angenehme Stimme in hektischem Ton. „Ich glaube, er kommt wieder."

Er wollte etwas sagen, aber seine Kehle fühlte sich an wie verstopft. Er musste husten, konnte aber nicht. Dieser Druck auf der Brust konnte doch nicht von Petrus' sanfter Hand kommen? Das Licht war wieder weg, aus kleinen bunten Kreisen entstand langsam das erschöpft lächelnde Gesicht eines weiblichen Engels mit kurzen Haaren und etwas kantigem Kinn.

„Wir können extubieren!" rief die Engelin. Er würgte und hustete, während er das Gefühl hatte, eine ausgewachsene Riesenschlange würde aus seinem Hals gezogen. „Hallo, Herr Altenstein! Sind Sie wieder da?"

„Hier oben duzen wir uns alle", wollte er antworten, aber es schien ihm dann doch nicht angebracht, da er ja doch eher noch, oder wenigstens wieder, unten auf der Erde zu sein schien. Er nickte nur.

„Herzlich willkommen zurück! Bald kommen Sie wieder auf die Beine, und dann wird alles gut. Ich sage Ihnen, Sie werden noch steinalt werden. Warten Sie es ab: Sie werden wieder kerngesund. Es braucht nur noch ein bisschen Zeit."

„Was ist schon Zeit?" flüsterte er.

Zeit

Jetzt sitze ich hier für mich allein im romantischen Kerzenlicht und trinke ihren Wein. Die edlen Burgundergläser habe ich mir erst letzte Woche gekauft. Um sie zu beeindrucken, glaube ich. Rubinrote Zeit funkelt mich aus zwei voluminösen, dünnwandigen Kelchen an, langsam dahinfließend zwinkert sie mir zu. Ich versuche mir ihre Phantasie vorzustellen. Ein aussichtsloses Unterfangen. Sie fehlt mir! Es ist, als sei es ein Stück von mir selbst, das ich verraten habe. Fort! Weggeschmissen wie ein dreckiges Stück Seele, um mich nicht selbst zu beschmutzen. Ein unglaublich, fast unmöglich sanft schmeckender Schluck Rotwein füllt tröstend meinen traurigen Mund, vergebungheischend zieht ihn meine Kehle herab in mein Innerstes. Wärme breitet sich vom Magen in alle Adern meines Körpers aus. Das Loch in mir kann sie nicht verschließen.

Dabei habe ich sie erst vor so kurzem kennengelernt. Das Fest war eher eines von der langweiligen Sorte gewesen. Gute Musik, doch keiner hatte getanzt, die eigentliche Party hatte wie immer in der Küche stattgefunden, direkt am Buffet, wo man nicht hinging um etwas zum Essen zu holen, sondern um der nichtssagenden Sofakonversation des Wohnzimmers zu entkommen. Und dort stand sie in einem kleinen Grüppchen fröhlicher Gäste in lebhafter Unterhaltung. Was es war, das mich dazu gebracht hatte, kann ich gar nicht mehr sagen. War es ihr wildgelocktes rotes Haar, das Strahlen ihrer blauen Augen, das sie mit ihren Blicken um sich verbreitete, ihr sonderbar kurzes Lachen, das nur einen kleinen Teil ihrer aufwallenden Freude hergeben zu wollen schien? Oder doch ihr einmaliger Duft, den ich zwischen all den Essens- und Menschengerüchen schon damals unbewusst wahrgenommen hatte? Jedenfalls musste ich sie lange, zu lange oder eher lange genug angeschaut haben. Sie drehte sich zu mir um und übergoss mich mit ihrem unvergleichlichen, ihrem verlockend geheimnisvollen Lächeln. „Rhea", sagte sie und reichte mir in einer beinahe altmodisch förmlich erscheinenden Art die Hand. Ihre Hand! Ich weiß nicht, was für Nervenbahnen von den Fingern zum Gehirn laufen, was für Sinneseindrücke sie vermitteln können und wie sie von dem beeinflusst werden, was wir sehen, hören und riechen. Aber mir war, als flösse eine unbekannte Energie durch meinen Arm direkt in mein Gehirn, in mein Herz, in meine Seele. Später hat sie mir erzählt, dass es ihr genauso ergangen sei, dass sie einen Moment der Ewigkeit gespürt habe, als unsere Finger sich umschlossen und die Handflächen sich aneinander und ineinander schmiegten, dass sie gespürt habe, wie unsere Schwingungen sich überlagerten und in Resonanz gerieten. Solche Phänomene können solide Brücken zum Einsturz bringen. In unserem Fall bildete sich eine Verbindung, die fester schien als alle hölzernen, steinernen oder stählernen Konstruktionen dieser Welt.

Aber sie hat nicht gehalten. Die Brücke ist zerbrochen, ich habe sie zerbrochen und doch wünsche ich mir nichts mehr, als ihre Hand wieder halten zu dürfen, in ihre Augen zu schauen, mit ihr eins zu sein. Tatsächlich schauen meine Augen nur auf die gemächlich tickende Standuhr. Ein Erbstück, dessen zapfenförmige Gewichte die Zeiger seit Jahrzehnten verlässlich im Sekundenrhythmus über das Ziffernblatt gedreht haben. Durch die gläserne Tür schaue ich auf das treue Uhrwerk, das dunkle Holz wirkt wie der Klangkörper eines gediegenen Musikinstrumentes, dessen langsam klackende Präzision den ganzen Raum erfüllt. Ich weiß, dass es Sekunden sind, deren Abfolge ich da lausche, aber sie dauern länger, als sonst. Sind es doch Minuten? Der Wein macht meinen Verstand geschmeidig und auch die Zeit verliert ihre harsche Eindeutigkeit.

Es war Rhea, die mich darauf aufmerksam gemacht hat, dass Zeit nicht so absolut ist, wie wir das meistens meinen. Natürlich war auch mir schon lange klar, dass die Zeit subjektiv verschieden schnell vergeht. Für alte Menschen eher schneller, für junge langsamer, bei langweiligen Tätigkeiten langsamer als bei spannenden, und wenn man etwas dringend erwartet, scheint sie beinahe stehen zu bleiben. Dies alles war mir wohlbekannt, auch wenn ich nicht gewusst hätte, dass sich sogar Shakespeare damit beschäftigt hat, das hübsch zu illustrieren. Was mich aber überrascht hat, war, dass ihre Vorstellungen von verschiedenen Geschwindigkeiten der Zeit weiter gehen. Vorstellungen, die für mich eher in das Reich der Phantasie als in die reale Welt gehören. Tatsächlich schwärmte sie mir vom Spinnensinn des Spiderman vor. Eines erfundenen Charakters eines begnadeten Comiczeichners. Aktiviert er diesen Sinn, so erlebt der Protagonist seine gesamte Umwelt wie in Zeitlupe, kann sich aber selbst in normalem Tempo bewegen. Kein Wunder, dass er ein kaum bezwingbarer Superheld ist. Nur eben auch ein erfundener. Aber der Kern jeder Realität, auch einer erdachten, meinte meine Rhea, sei ein eigenes, ein wahres Erlebnis, auch wenn es sich um ein individuelles, möglicherweise von außen nicht nachvollziehbares Erleben handelte. Was zunächst wie eine theoretische und nicht sonderlich schlüssige Erwägung klang, wurde etwas griffiger, als wir uns über Träume unterhielten. Wie so viele Menschen, die glauben, sie könnten alles angemessen verarbeiten, was sie am Tag erleben, aber kein Werkzeug als ihren Verstand dazu nutzen, bin auch ich ein lebhafter Träumer. Also weiß ich, dass die unumstößlichen Gesetze, die feste Ordnung von Zeit und Raum keine Geltung mehr haben, sobald wir uns willenlos von unserem eigenen Unbewussten durch die Nacht treiben lassen. Aber ein Traum besteht eben nur aus irgendwelchen Hirnströmen und nur Realität ist real. Rhea ließ das gelten. Ihr hintergründiges Schmunzeln zeigte mir, dass sie anders dachte, dass sie anders fühlte.

Ich lehne mich über meinen niedrigen Couchtisch und schreibe Wort für Wort, Zeile für

Zeile. Ich habe es mir als Technik angewöhnt, die mir hilft klarer zu werden über das, was ich denke. Und im Moment ist es mir lieber zu denken als zu fühlen, denn das tut zu sehr weh. Die Leere, die Sehnsucht. Rhea! Es ist flüssig, mein Schreiben. Trotzdem: Ganz kommen meine Finger nicht meinen Gedanken hinterher. Was mir zu beurteilen schwerfällt, ist, ob ich zu schnell denke oder zu langsam schreibe. Vielleicht bedarf es der Trägheit meiner Finger, um mein Denken klarer zu strukturieren. Das Ticken der Standuhr könnte meine Zeitwahrnehmung objektivieren, aber ich bin mir nicht sicher, ob es die Wahrheit, meine Wahrheit wiedergibt.

Der Harndrang hatte mich aus dem Bett getrieben. Seit wir uns kennen, trinke ich abends etwas mehr, als ich es früher gewohnt war. Der Alkohol fördert die Kreativität und nüchtern betrachtet ist es unvorstellbar, in welche Höhenflüge unser gegenseitig befruchtetes Denken sich an so einem weinseligen Abend begeben konnte. Der Wecker würde in einer Viertelstunde klingeln, denn Rhea arbeitet, sie arbeitete als Krankenschwester. Genug Zeit, um ein wenig zu dösen und ihre Wärme und ihren Duft noch etwas neben mir zu spüren, bevor der kalte Tag begann. Genug Zeit auch für meinen müden Körper noch einmal in den Schlaf zu fallen. Kaum war ich eingenickt, riss ein brutales „Es ist fünf Uhr, Sie hören die Nachrichten" mich aus dem Traum. Es waren dann aber doch nicht die Nachrichten, die ich hörte. Rhea hatte den Radiowecker ausgestellt und hauchte mir mit einem Wangenkuss ihre so häufige morgendliche Frage ins Ohr. Was ich geträumt habe, wollte sie wissen. Und ich wollte es ihr sagen. Es sprudelte. Unendlich viel war es, was da aus mir herausquoll, was ich erlebt hatte, wo ich gewesen war, wen ich gesehen und neu kennengelernt hatte, welche neuen Ideen und Geistesblitze ich versuchen wollte, mir zu merken, glücklich, dass es nicht wieder die Lottozahlen waren, die ich so sicher vorhergesehen und dann vergessen hatte. „Was man in einer einzigen Nacht so träumen kann", bemerkte sie, während sie mir durch ein sanftes Streichen über die Wange den Übergang in den Wachzustand erleichtern wollte. „Es war keine Nacht, es waren höchstens ein paar Minuten", war meine Antwort und der Grund, weshalb sie zu spät zum

Frühdienst erschienen war. Ja, es war unmöglich! In dieser kurzen Zeit konnte ich einfach nicht so viel erlebt, geträumt, ja auch nur erahnt haben. Ich wollte es nicht wirklich glauben, aber Rhea hatte Recht: Während einer Dauer, die physikalisch messbar definitiv deutlich weniger betrug als fünfzehn Minuten, hatte ich mindestens stundenlange Abenteuer erlebt. Meine individuelle Zeit musste langsamer gelaufen sein als die grünlich schimmernden Digitalziffern des Radioweckers.

„Tack, tack, tack", schallt die Uhr herrschsüchtig durch den Raum und ich bin mir nicht sicher, ob mich das Ziffernblatt hinter der Glasscheibe nicht herausfordernd angrinst. Ich taste über den leeren Platz auf der

Couch neben mir und schaue auf den unveränderten Rotweinpegel in Rheas Glas. Sie trinkt nicht mit, denn sie ist nicht da. Sie ist nicht da, weil ich ihr nicht vertraut habe, nicht zu ihr gestanden, sondern sie verraten habe. Ich habe sie verraten, weil ich sie nicht verstanden habe. Wohl mit dem Verstand, aber nicht mit dem Herzen. Oder zumindest nicht aus vollem Herzen. Dabei war ihre Logik ebenso verführerisch und unwiderstehlich wie sie selbst.

Wie tief verwurzelt in der Menschheitsgeschichte ist der Wunsch nach ewigem Leben. Und wie unmöglich ist seine Erfüllung, wenn wir das grelle Licht der Realität in unser Hirn einlassen. Jedenfalls, wenn diese Realität so klar ist, wie sie im Physikbuch steht, wenn die Vorstellungen, die wir uns aufgrund von jahrtausendelangem Wahrnehmen, Beschreiben und Weitergeben unserer Erkenntnisse erarbeitet haben, wirklich wahr sind.

„Kennst du das Paradoxon von Zenon?", hatte sie mit einladend offenem Lächeln gefragt. Auch wenn ich es nicht unter diesem Namen kannte, kam mir die Geschichte des griechischen Philosophen sehr bekannt vor: Der schnelle Krieger Achilles tritt in einem Wettrennen gegen eine Schildkröte an. Da diese viel langsamer ist als er, bekommt sie einen großen Vorsprung. Sobald Achilles diesen Vorsprung eingeholt hat, also dort ist, wo eben noch die Kröte war, ist diese aber auch schon ein Stück weiter. Sie hat also wieder einen Vorsprung. Dieser Vorgang lässt sich mit immer kürzeren Zeiten nun unendlich oft beschreiben, woraus man schließen könne, so sagt es zumindest dieser Zenon, dass der Krieger das Panzertier niemals einholen könne. Absurd. Natürlich haben kluge Philosophen schon lange in vielfältiger Weise den Widerspruch dieses Gedankenganges zu unserer Erfahrung der Wirklichkeit aufgeklärt. Trotzdem erfreut sich die Geschichte bis heute großer Beliebtheit bei Wissenschaftlern aller Fachgebiete und soll sogar als Argument für eine bestehende Quantelung der Zeit hergehalten haben.

Jedenfalls gab sie Rhea Anlass zu einem verblüffenden Gedankengang: „Stell dir vor, die Schildkröte würde während des Wettlaufes in eine Trance verfallen. Einen Zustand wie du ihn im Schlaf erlebst. Ihre eigene Zeit würde langsamer verrinnen als der Sand in der Uhr des Schiedsrichters dieses ungleichen Wettkampfes. Je müder sie wird, desto langsamer. Immer langsamer." Ich weiß nicht, ob das Beispiel gut gewählt war, denn wer will sich schon eine ewig vor Achilles erschöpft weglaufende Schildkröte vorstellen. Aber die Aussage war klar: Wenn sich ihre individuelle Zeit im gleichen Maß verlängerte, wie sich die durch die Sanduhr gemessene Zeit verringerte, die Achilles brauchte, um ihren Vorsprung einzuholen, würde sie tatsächlich ewig laufen. Oh!

Nun ging es Rhea aber nicht um die antike Kröte, sondern um uns Menschen, und zwar um die von uns, die sich nach einem ewigen Leben sehnen. Sie selbst hatte vor ein paar Jahren einen Autounfall erlitten. Ihr Wagen drehte sich auf winterglatter Straße einmal um die eigene Achse, bevor er mit hoher Geschwindigkeit gegen einen Baum der malerisch schneebedeckten Allee prallte. Es wäre vermutlich eine gute Textaufgabe für einen Mathematikschüler der Mittelstufe, zu errechnen, wie lange ein achtzig Stundenkilometer schnelles Auto braucht, um sich einmal um sich selbst zu drehen und einen knapp fünfzig Meter entfernten Baum zu erreichen. Aber auch ohne komplizierte Berechnungen kann man sich denken, dass die Zeit niemals ausreichen kann, um dem Fahrer sein komplettes Leben vor den Augen vorbeiziehen zu lassen. Genau das war ihr aber passiert. In Ausnahmesituationen, sagte sie, läuft die individuelle Zeit anders. Wie Spiderman hatte sie ihren Unfall in Zeitlupe erlebt, gleichzeitig aber einen lebenslangen Schnelldurchlauf im Kino ihres Gedächtnisses ablaufen sehen.

Sie war nicht gestorben bei diesem Unfall. Natürlich nicht. Aber sie war dem Tod nahegekommen, sie hatte ihn gleichsam auf sich zukommen sehen. Und das hatte gereicht, um ihren individuellen Zeitablauf so sehr zu verlangsamen, dass ein ganzes Leben in ein paar Sekunden gepasst hatte. War es da nicht logisch, anzunehmen, dass sich die Zeit immer weiter dehnte, je näher man dem wirklichen Tod kam? Rhea war fest davon überzeugt, dass die Zeit eines Sterbenden sich bis ins Unendliche verlangsamte und er deshalb als Subjekt ewig weiterleben würde, auch wenn er für uns Außenstehende, für die objektive, die faktenkalte reale Welt natürlich zu irgendeinem Zeitpunkt tot war. Achilles holte die ewig weiterlaufende Schildkröte ein.

Das dunkle, samtige Rot des Weines hat etwas Tröstliches. Er ist wirklich etwas ganz Besonderes. Rhea hat nicht gelogen, als sie mir die Flasche geschenkt hat. Wir sollten ihn gemeinsam trinken, wenn es uns mal nicht so gut geht, hat sie dazu gesagt. Jetzt trinke ich sie alleine. Und doch ist Rhea irgendwie bei mir. Vielleicht in diesem flüssigen Rubin, der sanft und geschmeidig an den gläsernen Wänden seines Gefängnisses leckt, während ich das Burgunderglas wie einen Cognacschwenker im Sekundentakt kreisen lasse. Trotz des geradezu pedantisch gleichmäßigen Tickens meiner alten Standuhr rollt die beruhigende Flüssigkeit immer langsamer durch das Glas, fast so viskös wie rote Vanillesoße fühlt sich der Wein beim Trinken an.

Dass der Tod für schwerkranke Menschen eine Erlösung sein kann, war für mich schon immer eine Art von Trost gewesen, auch wenn ich nicht entscheiden hätte wollen, ab wann die Größe des Leides den Verlust des Lebens aufwiegt. Solche Erwägungen nahmen nun eine neue Dimension an. Wenn vor dem Tod eine individuelle Unendlichkeit lag, war es eigentlich egal, wann er eintrat. Entscheidend könnte höchstens sein, wie dieses ewige Leben verlaufen würde. Wäre nicht ein entspannter, vielleicht sogar glücklicher Ausdruck auf dem Gesicht eines frisch Verstorbenen ein Hinweis auf die Qualität eben dieses Lebens? Und wie war das mit den schmerzverzerrten Zügen eines eben Dahingegangenen? Die ewige Glückseligkeit des

Paradieses oder die Verdammnis niemals endender Qualen der Hölle bekamen plötzlich eine ganz andere Bedeutung. Im Falle eines plötzlichen, eines unerwarteten Todes mochte es Gott sein, oder einfach der Zufall, der entschied, wie sich die Unendlichkeit für den einzelnen Menschen gestaltete. Lag aber ein Sterbender im Krankenhaus... „Genau!", bestätigte Rhea meine Gedanken. „Wir sind es, die entscheiden, ob den armen Menschen ein Himmel oder eine Hölle erwartet." Eine wohlüberlegte, eine genau kalkulierte Opiatüberdosis könne den Unterschied ausmachen. Der Tod müsse in einem gelösten, schmerzfreien aber nicht völlig sinnbetäubten Zustand eintreten. Ihr sanftes Engelslächeln überzeugte mich davon, dass es sich bei all diesen Erwägungen um reine Theorie handelte, um philo-

sophische Gedankenspiele, die mit dem prak-
tischen Leben so viel zu tun hatten wie eine
Schildkröte, die vor zweieinhalbtausend Jahren im Hirn eines Griechen an einem ungleichen Wettkampf teilgenommen hatte.

„Du glaubst es nicht, oder?" Der nächste
Morgen beraubte mich dieser beruhigenden
Illusion. Rhea lud mich tatsächlich ein, dabei
zu sein und zuzusehen, wie sie einer Krebspa-
tientin, die im Sterben lag, den Weg in eine
glückliche Ewigkeit bereiten würde. Sie hatte
Recht: Ich glaubte es nicht. Das Ganze war
zu absurd um wahr zu sein. Gleichzeitig übte
der Gedanke aber eine unerklärliche, eine
unbezwingbare Faszination auf mich aus. Also
erschien ich zur verabredeten Zeit auf ihrer
Station und betrat nach zaghaftem Klopfen
das Patientenzimmer. Sie saß auf dem Rand

eines Krankenhausbettes, eines dieser weißen Kästen, deren gestärkte Laken und Bezüge von Sterilität nur so strotzten. Die kleine alte Frau, deren eingefallenes Gesicht aus dem Weiß hervorlugte, war so mager, dass man ihren Körper kaum als Vorwölbung der Decke wahrnehmen konnte. Immerhin gaben die Kabel und Schläuche, die von ihr zu irgendwelchen piepsenden Apparaturen führten, einen Hinweis auf ihre Anwesenheit. Sie atmete schwer und schien in einer Art Dämmerzustand zu liegen. Rhea lächelte mich an. Alles sei vorbereitet, sagte sie. Ich könne zusehen, wie sie sich entspannen würde, bevor sie in ihre unendliche Zeitdehnung eintrete. „Nein!", wollte ich rufen, als sie mit einer Spritze vorsichtig und langsam eine klare Flüssigkeit in das Schlauchsystem an der Ellenbeuge der Patientin drückte. Aber ich blieb stumm, schaute mit lähmender Fassungslosigkeit zu, wie sich die Züge der alten Dame entspannten, wie das mühsame Atmen ausblieb, was für ein glücklicher Ausdruck auf dem Gesicht der nun wohl toten Frau erschienen war. Dass ich beinahe unbewusst den Klingelknopf gedrückt hatte, der von dem dreieckigen Haltegriff des Patientenbettes herabgebaumelt hatte, schien nun völlig sinnlos gewesen zu sein. Der nervend durchgängige Piepton der Instrumente marterte sein „zu spät" in mein Gehirn. Ich verharrte auch noch in Bewegungslosigkeit, als die Tür aufflog, eine energische Ärztin in Begleitung eines jungen Krankenpflegers ins Zimmer stürzte und meiner Freundin, der Mörderin, die Spritze aus der Hand riss. Alles ging so schnell! Der Pfleger zerrte Rhea aus dem Zimmer, ohne dass ich auch nur einen Blick von ihr auffangen konnte. Widerstandslos ließ sie sich wegschleppen. Meine Freundin, die Erlöserin. Die Ärztin beugte sich über die Patientin, tastete flüchtig an ihrem Hals herum, schob hektisch ihr Stethoskop auf die knochige Brust, rief irgendwelche Medikamentennamen in den Krankenhausflur. Mich beachtete sie nicht, obwohl ich es doch war, der sie durch den Klingelknopf gerufen hatte, bevor noch die Instrumente einen Alarm ausgelöst haben konnten.

Endlich schaffte ich es, mich aus meiner Starre zu befreien, nur um von einem ebenso gewaltigen Fluchtinstinkt überfallen zu werden. Hinaus aus dem Zimmer, den Flur entlang, die Treppe hinab, nur weg!

Die Weinflasche ist leer. Natürlich könnte ich noch Rheas Glas austrinken, aber ich denke, ich habe genug gehabt. Ich fühle mich leicht und es ist beinahe, als spürte ich Rheas Hand, die mir sanft über die Wange streicht. Meine eigene Hand wird etwas schwerer, ich schreibe nur noch langsam. Oder denke ich nur schneller? Ach, Rhea! Auch die Zeiger der Uhr haben es aufgegeben, sich in ihrem alten Rhythmus weiterzudrehen. Ich schreibe in ihrem Takt. Langsam. Jede   Minute noch   ein   Wort.   War   de r   W   e   i   n   .   .   .

Kamele

Natürlich waren sie wieder zu spät gekommen! Wie all die Jahre, die Jahrzehnte, die
Jahrhunderte. Und niemals waren sie richtig
benannt worden. Von Weisen aus dem Osten
war die Rede in der Bibel. In dem einen Tes-
tament, wo sie überhaupt eine Erwähnung
fanden. Von Kamelen war nie die Rede gewesen. Natürlich gab es in Italien den Brauch,
ihnen am Dreikönigstag etwas Wasser anzubieten. Wasser! Und das in Verbindung mit
einem merkwürdigen Hexenkult, in dem eine
gewisse Befana die verspäteten Weihnachtsgeschenke brachte. Lächerlich! Niemand hatte sie jemals ernsthaft wahrgenommen, obwohl sie doch so einen wichtigen Teil an der

Weihnachtsgeschichte hatten. Sie waren es doch, die die ersten Weihnachtsgeschenke für das neugeborene Christuskind schwankenden Schrittes durch die halbe Welt getragen hatten. Das Gold, das Melchifer aus dem fernen China durch anderthalb Kontinente geschleppt hatte. Den Weihrauch, den Portebalth aus der mittelasiatischen Ferne in dieses entlegene Bethlehem transportiert hatte. Und schließlich die Myrrhe, die Caspaphoros aus den heißen Wüsten des schwarzen Kontinents mitgebracht hatte. Caspaphoros! Immer wieder mussten die beiden erfahrenen Kamele an die erste Begegnung mit diesem ulkigen Weggenossen zurückdenken. „Was ist das denn für ein Kamel!" hatten sie gesagt. Ein einziger Höcker! Das wird niemals die weite Strecke bis ins Heilige Land durchhalten. „Ja, ich bin auch ein Kamel", hatte er gesagt, aber hochmütig hatten sie ihre Schnauzen in den Nachthimmel gestreckt, wo angeblich dieser einmalige Stern zu sehen sein sollte, dem sie nun schon seit Monaten hinterhergereist waren. „Ich habe gehört", bemerkte Portebalth abfällig, „dass du ein Dromedar bist." Ja, Portebalth hatte viel von seinem Reiter gelernt. „Richtig", sagte Caspaphoros mit stolz erhobenem Haupt. „Ein Dromedar ist ein Kamel im engeren Sinne. So wie auch das zweihöckerige Trampeltier! So etwas wie ihr!" Und dann fügte er noch mit aristokratisch-nasalem Tonfall und dezent gesetzter Betonung hinzu: „Wir alle drei sind Kamele!" – „Trampeltier? Du hältst uns für Trampeltiere?" hatten sich die beiden asiatischen Kamele empört. „Es tut mir leid", entschuldigte sich das Dromedar nur ein winziges bisschen von oben herab, „aber ich kann nichts für diese unsinnige Benennung und Einteilung der Biologen. Menschen halt! Immerhin haben wir nichts gemein mit den Kamelen im weiteren Sinne - Lamas und all diesem amerikanischen Kruppzeug!" Wieder hob er seinen stolzen Kopf und schob die Unterlippe vor. Gemeinsame Feinde machen eine Gemeinschaft stark, und ein vereintes Elitebewusstsein ist ein starker Beweggrund für Kooperation. Zumal, wenn dieses einhöckerige Kamel sich nicht für etwas Besseres hielt und für Kamelverhältnisse sogar beinahe bescheiden wirkte. Tatsächlich hatten die beiden Trampeltiere schnell begriffen, dass Caspaphoros zwar kleiner war als sie, aber in Bezug auf Schnelligkeit und Durchhaltevermögen ihnen durchaus das Wasser reichen konnte. Das war ihre euphemistische Beschreibung der Tatsache, dass er einfach schneller und ausdauernder war, als sie sich hätten vorstellen können. Schneller und ausdauernder als sie. Ja, sie waren eine eingeschworene Gemeinschaft geworden, als sie sich der Geburtsstätte des neuen „Königs der Welt" näherten. Noch einmal waren sie aufgehalten worden, weil ihre Reiter sich unbedingt mit jenem Herodes unterhalten wollten. Diese aufgeblasenen selbstherrlichen Reiter hätten es wirklich besser wissen sollen, denn ihretwegen wurden dann ja später all die unschuldigen Säuglinge umgebracht. „Uns hat natürlich wieder einmal niemand gefragt", sagten sie sich. Und dann kamen sie an. Zwei Wochen zu spät. Dabei wäre es so einfach gewesen! Man hätte beispielsweise vier Wochen vor der Geburt dieses Wunderwesens ein Licht anzünden können. Drei Wochen vorher dann ein zweites und so weiter. Spätestens beim vierten Licht hätte jeder Reiter gewusst, dass es knapp wird, wenn man weiter herumdaddelt. Aber solche Ideen interessierten ja niemanden! Wieder waren sie zu spät! Ochse und Esel grinsten auf das Neugeborene hinab, die Eltern waren da - natürlich - und diese ganzen Schafe mit ihren Hirten und auch noch die Schäferhunde. Wie immer würden sie die Nacht in der Herberge verbringen müssen, weil kein Platz im Stall für sie war. Eines war klar: Sie würden nicht wieder bei Herodes vorbeilaufen, um ihn über dieses Kind zu informieren. Ihre Reiter könnten tun, was sie wollten, den Weg bestimmten letztendlich immer noch die Reittiere! Die Tiere, die Weihnachten erst richtig erfunden hatten, weil sie die ersten Weihnachtsgeschenke gebracht hatten. Weihnachtsmann und Rentiere waren letztlich nichts als eine billige Kopie. Das Original waren sie. Und immer würden sie das Wichtigste an Weihnachten bleiben. Sie, die Heiligen Drei Kamele!

Zeitfracht Medien GmbH
Ferdinand-Jühlke-Straße 7
99095 Erfurt, Deutschland
produktsicherheit@kolibri360.de